L'ACTRICE
NOUVELLE.
COMEDIE

EN UN ACTE.

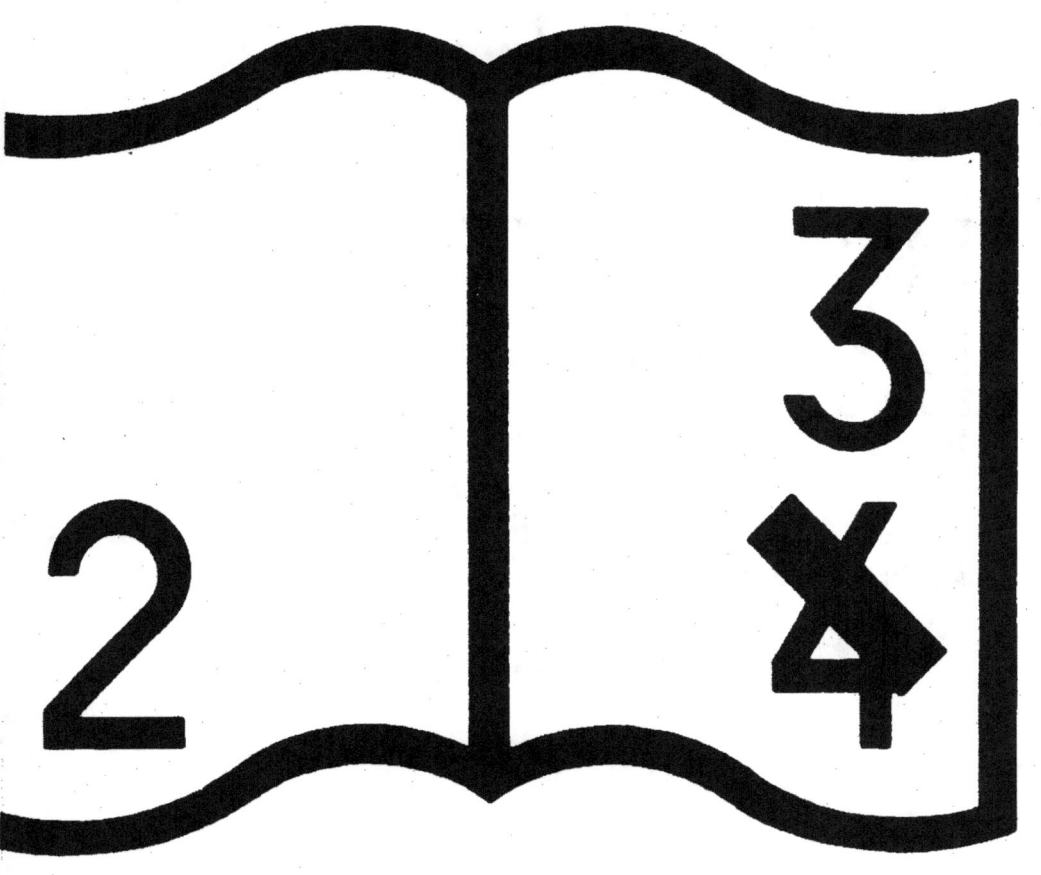

Pagination incorrecte — date incorrecte

NF Z 43-120-12

2

ACTEURS.

LA BARONE.
LA COMTESSE.
L'ACTRICE NOUVELLE.
LE CHEVALIER.
LE CONSEILLER.
LE FINANCIER.
L'ABBE, BIDET.
FRONTIN, Valet de l'Actrice.
LISETTE, Suivante de la Barone.
UN LAQUAIS, du Conseiller.
Plusieurs Laquais de la Barone.

La Scene est chez la Barone.

AVIS DU
LIBRAIRE.

CETTE petite Piéce que je donne aujourd-huy au Public fut envoyée il ya quatre à cinq ans aux Comediens de Paris par un Auteur Anonime, Mr. Quinaut l'Ainé l'un des Semainiers, en fit la Lecture à la Troupe, & comme ce gracieux Comedien a le talent de prendre les inflexions de voix de qui bon luy semble en lisant le Rôle de la nouvelle Actrice, il donna quelques tons d'une comedienne dont les talens pour le Theâtre font autant les delices du Public que ses graces, & son esprit font les charmes de ceux qui la voyent dans un moins grand jour. Cette Actrice n'étoit pas présente à la Lecture; mais en ayant appris quelques circonstances & croyant se reconnoître à quelques-uns de ses traits, elle obtint par ses cabales un Ordre qui déffendit à ses camarades de représenter cette Piéce, & les priva par une imagination chimerique de l'avantage réel que leur auroit procuré une Nouveauté aussi agréable.

Cette Piéce m'étant tombée entre les mains à l'insû même de son Auteur, j'ay cru devoir dédommager le Public du tort qu'on luy a fait, en le privant de la réprésentation. Il y trouvera un comique noble, une versification aisée des pensées brillantes, des Portraicts nouveaux & naturels, des caracteres particuliers qui n'avoient point encor paru sur la Scene. Si l'on en croit les connoisseurs une bonne comedie en un Acte en Vers, doit être regardée comme le chef-d'œuvre de l'esprit comique; des bornes aussi étroites, exigent une precision que le feu & l'imagination produisent, mais qu'une raison exacte sçait d'iriger.

D'ailleurs j'espere que l'impression de cette comedie desabusera l'excellente Actrice qui s'en étoit crû l'Objet mal à propos : outre qu'il n'y a aucun trait marqué qui la singularise. Le Public décidera s'il y a quelque comedienne qui puisse pousser assez loin la vanité & l'Amour propre pour se trouver dans ce portrait.

Se Mesle du Barreau de la Cour de la Guerre,
Et rien je crois n'est fait que par son ministere,
Qu'un employ soit vaquant elle le fait avoir.
Sans trop solliciter a qui le peut vouloir,
Entre le détail des Charges, des Offices,
Des Fonds des Hopitaux, de ceux des Benefices.
Par elle celui-cy devient Introducteur,
Celui-là Secretaire, & l'autre Ambassadeur,

D'un Fripon qui voloit par tout impunément,
Elle en fit d'un seul mot hier un Sous-traitant.

cette application pourroit peut être

convenir à la Maîtresse d'un Ministre,
mais quel raport peut elle avoir à une
comedienne qui n'a daigné jusqu'à
présent exercer son Empire que sur
quelques uns de nos beaux Esprits.

L'ACTRICE
NOUVELLE.
COMEDIE
EN UN ACTE.

SCENE PREMIERE.

LISETTE, FRONTIN.
LISETTE.

Ue veut le beau Frontin aujourd huy dans ce
lieu ?

FRONTIN.

Te rendre ce Billet, & t'embraſſer.

LISETTE *lui donnant un Soufflet.*

A dieu.

B

FRONTIN.

Si j'avois cru devoir m'attendre à la Riposte,
Je vous l'aurois Madame envoyé par la Poste.

LISETTE.

Tiens-tiens, baise ma Main & ne te fâche plus ;
C'est donc pour ma Maitresse pourquoy point de dessus?

FRONTIN.

Oh! dans nôtre maison nous aimons le Mistere.

LISETTE.

Ta Maitresse renferme un rare Caractere,
Le manege qu'elle a passe l'esprit humain ;
Mais quand debute t'elle ?

FRONTIN.

à cinq heures demai.

LISETTE.

C'est sans doute pour faire applaudir ta Ma'tresse
Qu'on voit venir icy des Gens de toute espece ;
Le Chevalier, l'Abbé, le Conseiller aussi,
Avec le Financier doivent souper icy.

FRONTIN.

Oh depuis quinze jours j'ay bien fait des affaires !
Que de Billets portés, de Lettres Circulaires ;
Dans les Hotels garnis, les Caffés & le Cours :
Il faut que j'aye esté quinze fois chaque jour,
Elle aura des Batteurs, ou le diable me tu'',
Jama's Actrice enfin ne sera plus battue.

LISETTE.

Moy je blame ses soins & ses précautions,
Et pourquoy mandier des approbations ?

Si son merite est sûr , il parlera pour elle;
Estre loüé de gré , vaut bien mieux que par Zéle ;
Je ne suis point la dupe & je le dis tout net.
D'une Actrice qui vient aprés son Rôle fait ,
D'un air de supliante entrer de Loge en Loge
Et de chaque payant arracher un éloge ,

FRONTIN.

Ma Maîtresse fera bien pis encor , crois moy ,
Je connois son esprit , & te donne ma foy ,
Que s'il en est qui vont dans les Loges pour plaire ;
Celle-cy pourroit bien aller jusqu'au Parterre :
Tiens, Lisette elle est Folle, & d'elle il est cent traits ,
Que l'on ne pourroit croire , & qui pourtant sont vrais
De Fables, de Romans , sa chambre est toute pleine ;
Sans cesse elle s'habille en Princesse Romaine ;
De sa fille de Chambre elle a changé le nom.
Je crois qu'elle l'appelle : attendés: Charmion.
Elle me nomme Arcas , & puis tantot Auguste.
Et celle qui nous fait la Cuisine . . . . Laucuste.
Mais écoute la peur qu'un jour elle me fit ,
Quand j'y pense j'en suis encor tout interdit :
Morbleu qu'on est à plaindre avec telle Maîtresse :
Une nuit repetant son Rôlle de Lucrece
Elle entra dans ma chambre un Poignard à la main ,
Et vouloit malgré moy , que je fisse Tarquin.

LISETTE.

Et : comment finit donc cette plaisante Scene ?

FRONTIN.

A reprendre mes sens j'eus d'abord quelque peine ;
Mais je revins à moy , pour finir ce detail ,

Quand je vis le Poignard n'eftre qu'un évantail.

LISETTE.

Parlons de fon manege il ne fe peut comprendre,
J'en fçais auffi des traits qui pourront te furprendre ;
Il faut qu'elle ait entrée en vingt mille Maifons ;
Car avec tout le monde elle a des Liaifons ;
Se mefle du barreau , de la Cour , de la guerre
Et rien je crois n'eft fait , que par fon miniftere :
Qu'un Employ foit vaquant , elle le fait avoir ,
Sans trop folliciter à qui le peut vouloir
Un Mariage fait , elle le fait defaire ;
Une Terre vendüe , elle la fait retraire ;
Brouille tous ceux qui font étroitement liés ;
Et racommode auffi tous ceux qui font brouillés ;
Entre dans les détails des Charges, des Offices ,
des Fonds des Hopitaux , de ceux des Benefices :
Par elle celuy là devient introducteur ,
Celui-cy Secretaire , & l'autre Ambaffadeur.
Non je ne penfe pas que perfonne en la vie ,
Aye avec tel fuccés fceu pouffer l'induftrie
D'un Fripon qui voloit par tout impunement ,
Elle en fit d'un feul mot, hier un Sous-traitant.
Cette Condition eft ma foy ta Fortune.

FRONTIN.

Je l'achette bien cher , helas fi c'en eft une !
Je ne fuis pas heureux dans mes conditions ;
J'ay toujours effuyé des tribulations :
Je me fouviens d'avoir fervy chez certain Homme ,
S'il m'y falloit rentrer j'irois plutot à Rome.
Morbleu que celuy là me menoit joli train ;

Il m'auroit fait crever , quoiqu'il fut Medecin ;
Tiens, dans cette maison je faisois tout sans aides ,
Je Rasois , je Frotois , je portois les Remedes ;
Je faisois la Cuisine , & battois les Habits ,
Je Balayois la Cour , & je faisois les Lits ;
Ratissois le Jardin , habillois la Maitresse
Que te diray je enfin , courant , veillant sans cesse ,
Tantôt valet de Chambre , & tantôt Palfrenier ,
Tantôt à la Toilette , & tantôt au Grenier ,
Travaillant pour l'Epoux , agissant pour la Femme ,
Je pensois le Cheval , & je peignois Madame

LISETTE.

Il falloit y rester , peut être qu'à la fin ,
Tu serois comme luy devenu Medecin.

FRONTIN.

Vous pensez vous moquer , mais apprenés la belle ,
Que toûjours le Valet , au Maitre se modelle ;
Tel est nôtre destin chez ceux que nous servons ,
Nous sommes , mon enfant , de vrais Caméleons ;
Nous imitons leurs mœurs, leurs discours, leurs allures,
Et souvent nous prenons jusques à leurs figures.
Avec les Conseillers , nous devenons Galans ;
Nous prenons un air grave avec les Presidens ;
Servons nous un jaloux , il nous faut estre traittre ,
Nous sommes comme foux avec un petit maitre ;
Nous prenons un air doux chés le Beneficier ;
Et sommes insolents derriere un sous Fermier ;
Mais ta Maitresse à toy , madame la Baronne ,
Qui tranche de l'esprit , & sans raison raisonne ,
n'en parlerons nous point ?

LISETTE.

Son Stile precieux,
Devient depuis un tems, tout-a-fait ennuyeux;

FRONTIN.

Mais que dit-elle encor ?

LISETTE.

De la nouvelle Actrice,
Tant que dure le jour, elle est l'admiratrice;
Et la rage qu'elle a pour entendre (des Vers,
Mettra je crois, bientôt, son esprit à l'envers;)
De ta Maitresse enfin, elle a la maladie
Et ne parle à present qu'en vers en Tragedie:
Si la jeune Comtesse aujourd'huy la vient voir,
On n'entendra que vers du matin jusqu'au soir.

FRONTIN.

Je n'y viendrai donc pas, je suis las d'en entendre.

LISETTE.

Si ta Maitresse y vient il faudra bien t'y rendre.

FRONTIN.

Tu crois que la Comtesse aussi declamera :

LISETTE.

Non mais elle a toujours son jargon d'Opera ;
De sorte que quand l'une a dit un vers Tragique,
L'autre prend la parole avec un vers Lirique,
Et ce fol entretien regne si frequemment,
Qu'elles ne peuvent plus se parler autrement.

FRONTIN.

Nous nous verrons tantôt, à dieu, je me retire,

LISETTE.

Je crois avoir encor quelque chose à te dire,

Je voulois te parler touchant le Chevalier;
Dis moy donc promptement, crainte de l'oublier;
Pourquoy nous le voyons toûjours chez ta Maitreffe?

FRONTIN.

Il eft amoureux fou, de la jeune Comteffe,
Et jaloux qui plus eft, mais jaloux à mourir,
Et quoiqu'il foit aimé, rien ne peut le guerir,
Il fe brouille fouvent pour une bagatelle;
C'eft toûjours au logis quelque fcene nouvelle;
Et comme ma Maîtreffe a de l'ambition,
Quelle veut des amis, de la protection,
Elle cherche à fe rendre à chacun neceffaire,
Et pour fe menager l'un & l'autre, & leur plaire,
Le fcrupule qu'elle a, te le dirai-je net :
Elle veut les unir par un hymen complet,
Elle en veut faire autant, je crois, de la Barone
Avec le Confeiller, du moins, je le foûpçone.

LISETTE.

J'en ferois affes aife, & te dis franchement
Que pour parler pour luy j'ay quelqu'engagement.
Pres d'elle j'ay promis de faire mon poffible,
Pour les cœurs genereux ; moy j'ay l'ame fenfible,
Mais j'entend ma Maîtreffe.

FRONTIN.

adieu jufqu'au revoir,
Je vais continuer mon fatigant devoir,
Et porter au plûtôt des billets de parterre,
Chez les étudians & les Clercs de Notaire

SCENE II.

LA BARONE, LISETTE.

LA BARONE.

Lisette sçavez-vous ce qu'on joüe aujourd'huy?

LISETTE.

Voulez-vous aller à la Comedie,

LA BARONE.

Ouï,

LISETTE.

La Piéce que l'on joue est plus belle que rare
Car je pense avoir lu sur l'affiche l'Avare

LA BARONE.

Oh, je n'y iray donc pas.

LISETTE.

Pour demain nous irons

LA BARONE.

Je veux estre à midy dans les premiers Balcons,
Je ne veux pas manquer nôtre Actrice nouvelle.

LISETTE.

Tenés, lisés.

LA BARONE.

Quoy donc?

LISETTE.

C'est une Lettre d'elle!

LA BARONE lit.

Je ne sçai quel sera le Sort
De la mal'heureuse Chimene;
Mais je tremble d'avance, Et frissone si fort,

"Que je crainsde tomber dès la premiere scene ;
"D'aignés donc avertir pour demain vos amis,
" Avos ordres d'abord ils seront tous soumis,
"Quand vous leur aurez dit que Chimene vous touche,
"Ils prendront tous pour moy des sentimens humains
" Et mê ne me batront des mains ,
"Avant que j'aye ouvert la bouche ;
"C'eſt mon peu de perfection
"Qui fait que je vous follicite,
"Si je me croyois du mèrite,
"Prendrois - je ces precautions ?
"Adieu belle & charmante Dame ,
"Que j'aime de toute mon ame ,
"Et que j'aimeray même audelà du trépas ;
"Cet Oracle eſt plus fur que celuy de Calchas;

LA BARONE.

Pour moy la pauvre Enfant eſt pleine de tendreſſe ;
Je veux qu'à l'aplaudir tout le Public s'empréſſe :
J'ay deja prevenu bon nombre d'officiers ;
Demain dans le Parterre ils feront des premiers;
Ils prieront leurs amis de devenir les nôtres ,
Ils n'aplaudiront qu'elle, & fiffleront les autres ;
Et de cette façon dès la premiere fois ;
Ils la recevront tous d'une commune voix.

LISETTE.

Tout le Public je crois, fera fort content d'elle :
Pour changer de p opos, fçavez vous la nouvelle,
Que l'on debite ?

LA BARONE.

Non, quelle eſt-elle? dis-moy.

C

LISETTE.

Vous faites l'ignorante.

LA BARONE.

Ah! je jure ma foy,
Que je ne sçai non plus ce que tu me veux dire.

LISETTE.

Le jeune Conseiller n'a pas sur vous empire,
Et vous ne devés pas au plûtôt l'épouser?

LA BARONE.

Je l'avouerai Lisette, & sans rien deguiser?
Que depuis quelques jours on m'a sçu faire entendre,
Qu'il ressentoit pour moy la flamme la plus tendre,
Et que l'Himen m'en fut sur l'heure proposé
Que mon cœur à cela se trouvant opposé,
La reponse pour luy ne fut pas favorable.

LISETTE.

Il a beaucoup d'esprit, il est bien fait, aimable;
Il a de la Noblesse & je ne sçai comment,
On peut le recevoir d'un œil indifferent;
A ne pas l'accepter quel sujet vous engage ;

LA BARONE.

Mais je l'avouëray.

LISETTE.

Quoy ?

LA BARONE.

Je le trouve trop sage;
Il n'a pas l'enjouëment & la vivacité,
Que font voir aujourd'huy nos gens de qualité,
J'aime l'air petit Maître, il m'enchante la vûe.

LISETTE.

De ces petits Messieurs je suis bien revenuë ;
Ah qu'ils ont selon moy, l'air vain, fou, sot & plat ;
Et je voudrois sçavoir quel fut le premier fat,
Qui fit naître à Paris cette Secte nouvelle ;
Ou le colifichet qu'ils prirent pour modelle :
Est-il rien de plus sot que l'est leur entretien ?
Ils vous parlent toûjours & ne vous disent rien.
Quel plaisir trouve-t'on à leur entendre dire ?
Ah te voilà Marquis, vas-tu chez Artemire ?
Où soûpe-tu ce soir, mon Carosse viendra ?
Ie revins yvre hier, as tu vu l'Opera ?
Cephise est de retour ! que dit de moy Belise ?
Donne moy du tabac, as tu vu la Marquise ?
Et cent autres discours, jargons des étourdits ;
Qui pourroient rendre fou tel à qui l'on les dit,
Moy je prendray bien-tôt un Mari, je l'espere ;
Mais il ne sera pas d'un pareil caractere ;
Si vous faisiez ainsi vous ne feriez que bien.

LA BARONE en recitant ;
Donne moy donc Lisette un cœur comme le tien.

Elle corti ue naturellement.

Mais : desaprouve tu l'air naturel & tendre,
Qui se fait remarquer dans le jeune Clitandre.
Je ne vois rien en luy qui lui soit reproché
C'est un esprit pliant qui n'a rien de caché :

LISETTE.
Non il ne cache rien, il est plein de franchise
Car il montre par tout les lettres de Belise.

LA BARONE.

Et Damon qu'en dis tu , n'est il pas beau bien fait ?

LISETTE.

Helas Madame à qui faites vous son Portrait ?
Je ne suis pas encor à sçavoir, je vous jure ,
Qu'il peche par l'esprit & non par la figure ,

LA BARONE. —

Sa voix fait assez bien les honneurs d'un répas.

LISETTE.

Qu'il y chante toûjours & qu'il n'y parle pas.

SCENE III.

LABARONE, LISETTE,

UN LAQUAIS , *du Conseiller.*

LE LAQUAIS.

MOnsieur le Conseiller m'a chargé de remettre
Entre vos mains, Madame aujourd'hui cette lettre

LA BARONE, *aprés avoir lu bas.*

Dittes luy que tantôt il se rende chez moy.
Lisette que je suis étonée.

LISETTE.

Et de quoy ?

LA BARONE.

De cette lettre en vers si galament écritte ,
Tu ne m'avois pas dit qu'il avoit ce merite ;
Comment, il fait des vers, Lisette il me plaira ,
Il veut avoir mon cœur,& je crois qu'il l'aura ;
Pour se faire écouter, il fait ce qu'il faut faire,

LISETTE.

Sans ce trait de folie, il n'auroit pu vous plaire :
Lisons donc ce billet si joliment écrit,
Voyons la Poësie,

LA BARONE.
Elle est pleine d'esprit.

LISETTE.

" L'amour ! ô charmante Baronne,
" Va vous intenter un Procés,
" Ne doutés point de son succés,
" Car je sçay que sa cause est bonne;
" Il faut à l'amiable en arêrter le cours,
" Il peut jusqu'au trépas, vous chicaner sans cesse ;
" Et quand on a passé sa jeunesse
" A Plaider contre les Amours,
" Il vient un tems où nous perdons toûjours ;

LISETTE.

De traits vifs & galans, la Lettre est assortie,
Plaider contre l'Amour, oh la forte partie !
Il faut accomoder cette affaire au plûtôt.

LA BARONE.

Va, pour l'accomoder je feray ce qu'il faut :
Mais j'entend un Carrosse entrer avec vitesse,
Si c'est le Chevalier & la jeune Comtesse,
Dis leur bien que je suis dans un moment icy
En vers au Conseiller je veux écrire aussi.

SCENE IV.

LISETTE. seule.

LA Lettre sera longue à ce que j'imagine,
Et ne s'écrira pas sans Corneille, ou Racine.

SCENE V.

LA COMTESSE, LE CHEVALIER, LISETTE.

LISETTE.

MAdame va venir & vous prie instament
De vouloir bien l'attendre en cet apartemer.

SCENE VI.

LA COMTESSE, ET LE CHEVALIER,
LA COMTESSE.

CHevalier faites treve à cette humeur reveuse,
Ou je vais devenir plus que vous serieuse :
D'un mot dit en riant, vous devenés jaloux,
Je ne puis plaisanter sans vous voir en courroux,
Quoy parceque j'ay dit sans avoir nulle idée,

Elle Chante { *Est-ce ma faute à moy*
{ *Si Lisas me plaît plus que toi.*

Vôtre ame est contre moy de fureur possedée,
Je le dis franchement, si vous voulez m'aimer,
A mon humeur badine il faut s'accoûtumer.

CHEVALIER.

Mais Madame ai-je tort, rendez-moy donc justice ;
Mes mouvemens jaloux viennent-t'ils du caprice?
Quoi : dans le même instant que je jure à vos yeux,
Qu'excepté mon amour rien ne m'est precieux,
Que je fais mon bonheur de vous aimer sans cesse
Que j'atteste le Ciel que ma vive tendresse,
Jusqu'au dernier moment de mes jours durera,
Morbleu, vous repondez par un trait d'Opera ;
Et pour comble de maux ce trait est un passage,
que je ne puis tourner qu'a mon desavantage.

LA COMTESSE.

Mais quand j'ai dit cela, c'est sans reflexion.

LE CHEVALIER.

Vous me pretiez vraiment beaucoup d'attention.

LA COMTESSE.

Qu'aurois-je du repondre expliqués le vous même ?

Le Chevalier veut Parler & se tait.

L A Comtesse *Continuë en chantant ce passage de Roland.*

J'aimerai toûjours mon Berger.

LE CHEVALIER.

Est-ce en chantant, morbleu, qu'on doit dire qu'on
aime?

LA COMTESSE.

Comment donc en pleurant, je hais le serieux,
Et ne veux point aimer un mouchoir sur les yeux ;
Croyez-vous dittes-moi, changer mon caractere?
Avec cet air chagrin avec ce ton colere.
Je veux bien raisonner un instant avec vous,

Je vous l'ay déja dit , j'abhorre les jaloux ;
Et fi vous ne changés avec moy de langage ,
Il ne faut plus compter fur nôtre Mariage.
Je ne fais point un choix pour vivre dans l'ennui ,
Si je prends un Epoux , c'eft pour rire avec luy.

LE CHEVALIER.

Croyez-vous que de rire on puiffe avoir envie ,
Quand on vous fait mourir tous les jours de la vie ;
Et qu'on ne prend jamais foin de vous radoucir
Sur un doute, un foupçon qu'un mot peut éclaircir.
Voilà ce qui fait feul aujourd'huy mon fuplice.

LA COMTESSE.

Et fur quoy voulez-vous que je vous éclairciffe ?

LE CHEVALIER.

Par exemple tantôt j'ai veu.

LA COMTESSE.

Quoi Cheval'er ?

LE CHEVALIER.

Ouy j'ay vu de chez vous fortir le Confeiller.

LA COMTESSE, *rit.*

Et quoi le Confeiller à prefent vous occupe.
Serez-vous donc toûjours de vous même la dupe ?
Mais quel plaifir prend on à faire fon tourment ?

LE CHEVALIER.

Sachons.

LA COMTESSE, *en chantant.*

Pour moy l'Amour eft un plaifir charmant.

LE CHEVRLIER.

Encor.

LA

LA COMTESSE, *en riant.*
Le Conseiller puisqu'il faut vous le dire
LE CHEVALIER.
Eh bien quoy vous rirés toûjours ;
LA COMTESSE, *en chantant.*
Ie prétend rire.

SCENE VII.

LA COMTESSE, LE CHEVALIER, LISETTE.

LISETTE, *à la Comtesse.*
Ma Maîtesse vous prie en ce même moment,
De vouloir bien passer dans son apartement,
Elle a quelques secrets à vous dire je pense.
LA COMTESSE *au Chevalier qui veut sortir.*
Attendés moy je vais… comment donc vous sortés,
Elle chante.
Vous partez, Renaud, vous partez.
Lisette retenez le empêchez qu'il ne sorte.

SCENE VIII.

LISETTE, LE CHEVALIER.

LISETTE *en le ramenant.*
Qu'avés vous donc monsieur pour fuir de la sorte ?
LE CHEVALIER.
Ah Lisette ! tu vois un homme au desespoir.
LISETTE.
Et de quoy s'il vous plait ne puis-je le sçavoir ?

D

LE CHEVALIER.

Que je fuis mal'heureuz !

LISETTE.

Queft-ce qui vous défole ?

Quel fujet de chagrin ?

LE CHEVALIER.

Morbleu j'aime une Folle.

LISETTE.

Quoy la Comteffe eft folle & comment, & par où ?
Mais n'eft-ce point plutôt qu'elle aimeroit un fou ?
Je remarque en vos yeux un amour peu tranquille ;
L'amour eft ennuyeux quand il fe tourne en bile.

LE CHEVALIER.

Eh qui ne feroit pas de fureur animé !
Quand on s'eftoit flatté que l'on étoit aimé.

LISETTE.

Eh vous n'ettes aimé que trop de la Comteffe.

LE CHEVALIER.

Ah quand on aime bien, doit-on rire fans ceffe ?
Mais Lifette fçais tu, quel fecret aujourd'huy
Peut avoir la Baroye avec la Comteffe ?

LISETTE.

Ouy.

LE CHEVALIER.

Ah ! dis le moy Lifette !

LISETTE.

Et pourquoy, je n'ay garde,
Ce n'eft pas vous monfieur que ce fecret regarde ;

LE CHEVALIER.

Tu ne le diras pas, Lifette je me meurs.

LISETTE, *bas.*

Oh je vois bien qu'il faut adoucir fes fureurs

haut.) Raſſurés vous monſieur tachés de vous remettre
Au Conſeiller en vers on écrit une lettre ,
Voila tout le miſtere.

LE CHEVALIER.

Ah qu'elle trahiſon !

LISETTE.

Comment l'accez redouble , & par quelle raiſon.
Mais j'aperçois Frontin. Ta maitreſſe vient elle ?

SCENE IX.

LE CHEVALIER, FRONTIN, LISETTE

FRONTIN.

Liſette elle me ſuit.

LISETTE.

La réponſe eſt nouvelle
C'eſt à vous ce me ſemble à marcher ſur ſes pas ,
Monſieur ,

FRONTIN.

C'eſt qu'elle donne audiance là-bas.
A peine a t'elle mis un pied hors de ſa chaiſe ,
Que de nos curieux environ quinze ou ſeize,
Du Café ſortons tous avec empreſſement ,
Luy ſont venus donner la main fort poliment ;
Le Conſeiller enſuite empreſſé , plein de zele ,
A ſçû percer la foule, & ſe ranger prés d'elle ;
Et je crois qu'elle monte à preſent l'eſcalier
Avec l'abbé Bidet , & le gros Financier ;
Mais la voicy.

LISETTE , *au Chevalier.*

Je vais avertir ma Maitreſſe,
Et compter vos fureurs à la jeune Comteſſe

SCENE X.

L'ACTRICE, L'ABBE', LE FINANCIER, LE CONSEILLER, LE CHEVALIER.

L'ACTRICE, *au Chevalier.*

Vous pouvés acheter ce nouveau Regiment,
Monsieur, j'en ay pour vous obtenu l'agrément;
Je vois avec plaisir que l'on vous est propice,
Et que par mon canal on vous rende Justice

LE CHEVALIER.

Vous estes adorable, & je ne sçais comment
M'aquitter envers vous d'un service si grand.

L'ACTRICE.

En vous faisant plaisir, moy même je m'oblige,
Soyés de mes amis c'est tout ce que j'exige.
Dans peu monsieur l'Abbé vous aurés vôtre tour,
Quoique vôtre nom soit peu connu de la Cour,
J'ay fait pour vous un trait de veritable amie,
Et vous aurés dans peu place à l'academie.

L'ABBE', *d'un ton doucereux.*

Mademoiselle :

L'ACTRICE.

Et vous Monsieur le Conseiller,
Au Theatre demain viendrés vous babiller ?

LE CONSEILLER.

Je me garderay bien de rompre le silence ;

L'ACTRICE.

On vous sçaura bon gré de cette violence.

LE FINANCIER.

Moy je parle toûjours à table ou bien au jeu ;
Mais à la Comedie, oh par la ventrebleu !

Personne mieux que moy n'observe le silence ;
Car toujours je m'endors d'abord qu'elle commence.

L'ACTRICE.

J'espere que demain vous veillerés pour moy.

LE FINANCIER.

Hé, mais, J'aplaudiray, mais sans sçavoir pourquoy ;
Car enfin mon malheur, est d'avoir la foiblesse,
d'ignorer le mauvais, ou le bon d'une piece.

L'ABBE'.

Comment jugés vous donc d'une ouvrage d'esprit?

LE FINANCIER.

Je regle mon avis, sur ce que chacun dit.
Par exemple, en voyant pleurer dans une Scene,
Je m'attendris, je sens que cela me fait peine ;
Et sans sçavoir aussi, n'y pourquoy, ni par où,
Quand le Parterre rit, ôh je ris comme un fou.

LE CONSEILLER.

Vous voyés qu'il n'est pas un homme qui déguise.

L'ACTRICE.

Il parle comme il pense, & j'aime sa franchise.

SCENE XI.

LA BARONE, LA COMTESSE, L'ACTRICE, LE CHEVALIER, LE CONSEILLER, L'ABBE', LE FINANCIER, LISETTE, UN LAQUAIS, DE LA BARONE.

LISETTE.

La lettre au Conseiller l'a rendu furieux

LA BARONE, *en déclamant.*

Si Titus est jaloux, Titus est amoureux,

Je vais le détromper.

LA COMTESSE.

Vous croira t'il madame ?

LA BARONE.

Monsieur le Conseiller, j'aprouve votre flamme.
Vous avez sçû me plaire & je veux devant tous
Le declarer icy, vous serés mon époux.

LE CONSEILLER.

Madame à ce bonheur aurois-je du m'attendre ?
Vous comblés les souhaits de l'Amant le plus tendre.

LA BARONE.

Qu'en dit le Chevalier ?

LA COMTESSE,

Le Chevalier croira,
Que c'est encor icy quelques traits d'Opera.

LE CHEVALIER.

Helas ! que voulés vous que je pense Madame,
Quand vous tardez toujours à couronner ma flamme ?
Je ne suis point tranquile, & ne puis vivre heureux,
qu'au moment que l'hymen nous unira tous deux.

L'ACTRICE.

Madame il faut se rendre & sa raison est bonne;
Imités croyez-moy, Madame la Barone,
Comblés du Chevalier & l'amour & les vœux,
Cela peut pour moy même estre, un augure heureux
Et crois si je voyois ce double Mariage,
Que j'en joüerois demain avec plus de courage.

LA BARONE.

Vous vous aimez tous deux, hatés ce doux lien,

LA COMTESSE, en chantant.

Helas ! que son amour est different du mien ;
Mais je me sacrifie à son humeur jalouse ;

C'en eſt fait Chevalier je ſeray vôtre Epouſe.

LE CHEVALIER.

De mes jaloux tranſports ne craignés plus l'effet ;
Je ſuis ſur d'eſtre aimé , mon cœur eſt ſatisfait.

L'ABBE', d'un ton doucereux.

De voir ce double hymen je ſuis charmé Mesdames,
Et je veux faire en Grec vos deux épitalames.

LE FINANCIER.

Il s'agit bien icy du Grec & du Latin ,
Moy je parle François , jamay ſoin du feſtin.

LA BARONE.

Puiſque nous voila tous dans la rejouiſſance ,
Donnons à notre Actrice un moment d'audiance ;
Quelques Scenes du Cid, ſi vous le voulés bien.

L'ACTRICE.

Il ne m'eſt pas permis de vous refuſer rien.

LA BARONE à la Comteſſe.

Elle fera demain l'ornement de la Scene ,
Vous y viendrez ſans doute.

LA COMTESSE.

Oh je veux voir Chimene

(en chantant,)

Sangaride ce jour , eſt un grand jour pour vous.

LA BARONE.

Claqués la bien Meſſieurs
tous les Hommes enſemble.

Nous la claquerons tous.

L'ABBE', toujours doucereuſement.

Pour la faire joüer avec plus de courage ,
Je feray de Rodrigue icy le Perſonage ,
Au College autrefois, je recitois des mieux.

LE FINANCIER.

Je crains bien que ceci ne devienne ennuyeux
Qu'en dis tu Chevalier ?

CHEVALIER.

Moy je pense au contraire
Qu'il va nous divertir, il faut le laisser faire

LE FINANCIER *à l'Abbé.*

Allons Rodrigue, allons , alerte à repartir.

LA BARONE *à un Laquais,*

Quand on aura servi qu'on nous vienne avertir ;
Ils s'asseyent tous , excepté l'Actrice & l'Abbé.

L'ACTRICE.

"Quoy Rodrigue en plein jour, d'où te vient cette au-
dace?

"Va, tu me perds d'honneur ;

LA BARONE.

Quel son de voix flatteur

L'ACTRICE. *continuë.*

Retire toi de grace.
l'Abbé sans faire de geste & froidement sur le ton du
Colege.

"Je vais mourir Madame , & vous viens en ce lieu,
" Avant le coup mortel, dire un dernier adieu.
"Mon amour vous le doit , & mon cœur qui respire,

LE FINANCIER.

Le mien étouffe ,

LA BARONE.

Paix,

L'ABBE'

Je ne sçay plus que dire.

L'ACTRICE *à l'Abbé.*

Ne songés qu'a vous seul, c'est là l'unique point.

LE FINANCIER.

Allons Abbé, bidet, ne vous deferrés point.

l'Abbé continüe toûjours de même.

Et mon cœur qui respire,

" N'ose sans vôtre aveu sortir de vôtre empire.

L'ACTRICE.

"Tu vas mourir.

L'ABBE'.

" J'y cours & le Comte est vangé

"Aussi-tôt que de vous j'en auray le congé.

L'ACTRICE.

"Tu vas mourir,

LE FINANCIER.

Qu'il meure donc, parbleu cela m'inpatiente.

LA BARONE.

Vous ne vous tairés point, quelle humeur étonante ?
Moy je n'ay jamais vu rien d'égal à cela.

LE FINANCIER.

Il dit qu'il va mourir, & reste toujours là.

LACTRICE *continüe.*

"Celui qui n'a pas craint les Maures & mon Pere,
"Va combattre Dom Sanche & déja desespere.

LA BARONE.

Ah!quelle expression, elle met dans son jeu,
Je crois être Chimene & je suis toute en feu ;

LE FINANCIER.

Pour moy je suis gelé quelque chose qu'on fasse,
Et Rodrigue me vaut une tasse de glace.

LACTRICE *continüe.*

"Ainsi donc au besoin ton courage s'abbat
l'Abbe toûjours froidement.

E

"Je cours à mon suplice, & non pas au combat,

LA BARONE.

Jusqu'a son jeu muet, on voit qu'elle à de l'ame,
C'est une grande Actrice avoüés le Madame ;
Sur les autres demain on va crier haro.

LA COMTESSE.

Chimene est un prodige.

LE FINANCIER

Et Rodrigue un Zero.

L'ABBE'. *continue.*

"Et ma fidele ardeur sçait bien m'ôter l'envie,
"Quand vous cherchés ma mort, de deffendre ma vie ;
"J'ay toûjours même cœur, mais je n'ay point de bras,
"Quand il faut conserver ce qui ne vous plait pas.

LE FINANCIER.

Mr. l'Abbé, haut les bras.

L'ABBE'.

Et pourquoi m'interrompre, il prend bien de la peine :
C'est gâter à plaisir le plus beau d'une Scene.

CHEVALIER.

Il a raison, silence, il recite assez bien.

LE FINANCIER.

Qu'il gesticule donc, je ne diray plus rien.

LA BARONE.

Qu'on le laisse achever moy j'en suis fort contente
Avec un air aisé je vois qu'il se presente,
Et trouve qu'il seroit excellent dans son jeu
S'il avoit de la voix, des gestes, & du feu.
Mais venons je vous prie à la fin de la Scene,
C'est à vous à parler.

L'ABBE'.

Non pas , c'eſt à Chimene,

L'ACTRICE *continue.*

"Puiſque pour t'empécher de courir au trépas,

"Ta vie & ton honneur ſont de foibles appas,

"Si jamais je t'aimay , cher Rodrigue en revanche,

"D'effends toy ſeulement pour m'oter a Don Sanche;

"Combats pour m'affranchir d'une condition.

LE FINANCIER.

Luy combattre l'Abbé ;

LA BARONE.

Vous ne ſçauriez , vous taire

Monſieur.

LE FINANCIER.

D'un coup de Buſque il tomberoit par terre.

L'ACTRICE , *continue.*

"Et ſi pour moy tu ſens ton cœur encor épris,

"Sors vainqueur d'un combat dont Chimene eſt le prix.

"Adieu ce mot laché , me fait rougir de honte.

L'ABBE' , *toujours froidement.*

"Eſt-il quelque ennemy qu'à preſent je ne dompte ;

LA BARONE , *en ſe levant.*

On ne peut jouer mieux il le faut avoüer ;

Qu'en dittes vous , Meſſieurs?

LE CHEVALIER.

On ne peut que loüer , ſur tout monſieur l'Abbé.

Madame il a fait ſage

L'ABBE' , *doucereuſement.*

Vous penſez vous moquer mais je ſuis tout en n'age ,

Avec elle en joüant on ſent je ne ſçay quoy ,

Qui dans la paſſion fait entrer malgré ſoy ,

LA BARONE.

Elle ſera reçûë, elle s'y doit attendre ;

Monfieur le Financier, vous l'a venés d'entendre,
Dittes nous votre avis qu'en penfez vous.

LE FINANCIER.

Morbleu,
Je n'ay point vû d'actrice avoir un fi grand jeu.

L'ACTRICE.

A trop flatter les gens, on fe rend condamnable,

SCENE DERNIERE,

UN LAQUAIS.

On a fervy Madame

LA BARONE.

Allons nous mettre à table.

L'ABBE'.

Je veux auparavant vous dire un mot icy,
Au Parterre demain j'anonceray cecy :
Meffieurs fi l'Actrice Nouvelle,
A vous plaire aujourd'huy met des foins fuperflus
Je le dis devant elle, ne la revoyés plus,
Mais fi vous la trouvez en merite feconde
Venés la voir en foule, elle aime le grand monde.

FIN.